Gallimard Jeunesse / Giboulées sous la direction de Colline Faure-Poirée et Hélène Quinquin.
© Éditions Gallimard Jeunesse 2002 - ISBN : 978-2-07-061397-7 - Numéro d'édition : 359314
Premier dépôt légal : février 2002 - Dépôt légal : juillet 2019
Loi n° 49956 du 16 juillet 1949 sur les publications destinées à la jeunesse - Imprimé en France par Pollina - 90097

Bénédicte Guettier

# L'ÂNE TROTRO

## RANGE SA CHAMBRE

GALLIMARD jeunesse GIBOULÉES

VEUX-TU QUE JE T'AIDE À
RANGER TA CHAMBRE ?
PROPOSE SA MAMAN À TROTRO.

JE VAIS RANGER TOUT SEUL
POUR TE FAIRE UNE SURPRISE,
RÉPOND TROTRO TOUT CONTENT.

TROTRO COMMENCE À RANG
SES CUBES...
SA CHAMBRE VA ÊTRE
MAGNIFIQUE.

MAIS IL TROUVE QUE SA
BIBLIOTHÉQUE EST MAL
RANGÉE... IL DÉCIDE DE
S'EN OCCUPER AUSSI...

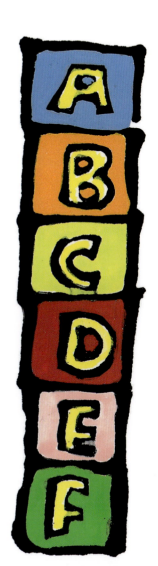

C'EST FATIGANT DE RANGER
TOUS CES LIVRES ... PEUT-ÊTRE
QUE SA MAMAN POURRA L'AIDER
UN PEU TOUT À L'HEURE...

LUI, IL VA D'OCCUPER DE RANGER SON COFFRE À JOUETS.

ÇA ALORS ! IL A RETROUVÉ
SON DOUDOU PRÉFÉRÉ
TOUT AU FOND DU COFFRE...

TROTRO EST TOUT CONTENT.

J'ADORE RANGER, MAIS EST-CE QUE TU PEUX M'AIDER UN PEU POUR FINIR ?

Au secours !